이별은 그늘처럼

김남극

시인의 말

죽음으로 이별하는 일이 잦다. 그래도 이별은 익숙하지 않다.

그대의 얼굴은 아련하고 흐려지고, 아무것도 아닌 것에 미혹한 내가 두렵기도 하다.

세상이 내 뜻대로 되지 않으니 화가 나지만 어쩔 수 없다고 포기하기로 한다.

나무를 경배하고 꽃을 숭배하면서 또 몇 년을 살아 보기로 한다.

시집을 세 권 내기로 했는데, 이 시집이 마지막이다. 여기서 마치면 좋겠다.

아내와 두 아이가 고맙다.

다들 평화롭기를, 무고하기를 빈다.

2023년 가을
김남극

이별은 그늘처럼

차례

2부 아무도 가르쳐 주지 않았다

3부 혼자라는 말을 생각하다

발문

1부

설해목 지는 소리를 듣다

초가을 밤

소여물 써는 커터기에 손가락 두 개가 잘린 장모가
접합 수술을 하고 돌아왔을 때 메밀산골 일흔 마리를
구해서 드렸더니

산골 할머이 내 손 낫게 해 주소
일흔 번 읊고 일흔 번 머리 조아리고 산골을 한 마리
씩 삼키던 장모 뒤편에 떠 있던
초가을 달

간암 말기 판정을 받고 초가을 볕 속에서 남은 날을
세어 보던 아버지 앞에 7구 산삼을 구해 드렸더니

비나이다 비나이다, 우리 아 아버지 좀 살려 주소
밤새 들리던 어머니의 그 목소리가 뒤란 장독대에 달
빛과 함께 고이던
초가을 밤

어머니가 다녀가셨다

교토 어느 후미진 민박집 다다미방에서
술로 잠을 청했는데

새벽에 어머니가 오셨다
참 잘해 줘서 고맙다고 내게 말하시고는
숨을 거두셨다

나는 다음 생에는 부잣집에 태어나시라고
엄마를 사랑해 주는 부모를 꼭 만나시라고
평생 잘 안 들리던 세상 소리도 잘 들으시라고
말씀드리고는 크게 크게 울었다

깨어나서도 울음이 멈추지 않았다
한국을 딱 한 번 떠나 본 어머니
아버지 손을 꼭 잡고 뒤만 따라다녔을 어머니가
이 먼 교토까지 왜 오셨을까

희뿌윰한 새벽빛에 눈물을 섞어 놓고

망연하게 앉아 허공만 쳐다봤다

이름을 적어 본다

임종을 앞둔 어머니 병실을 나와
부고를 보낼 이름을 적어 본다

별것 아닌 책 한 권 마무리하고
그 책 보낼 이름을 적어 본다

참 많은 사람들과 함께
참 긴 시간을 보냈다고 생각했는데

이름이 잘 떠오르지 않는다

공책에 이름 하나 적어 놓고 잠시 앉아
숨을 고르는 동안

그 이름들이 내게 오고
나를 떠나는 것인데

나는 또 한참 창밖을 망연하게 내다보다

이름 하나를 적어 본다

돈벌레를 잘 모시고

벽에 돈벌레 한 마리 붙어 움직이지 않고 있다

얼마나 돈이 궁했으면 저 볼품없는 곤충에게
돈벌레란 이름을 붙이고
얼마나 희망을 걸 일이 없었으면 저 하찮은 미물에게
근사한 이름을 붙이고

가난을 물고 멀리 가라고
돈을 물고 어서 오라고
빌고 빌면서 저 벌레를 살뜰히도 돌봐서
안녕한 곳으로 모셔다드렸을까

나도 그 옛날 어른들처럼
돈벌레를 조심조심 안방으로 모시고는
거실에 나와 마당을 내다본다

이젠 돈이 있어도 쓰지 못하는 어머니가
달빛 아래서

돈벌레처럼 주무신다

새벽에 깨어서

늦은 술자리에서 돌아와 뒤척이다 잠이 깬 새벽

오래된 문살무늬처럼 어머니는 문밖을 내다보며 앉아 계신다
술을 한번 담가 보고 싶다고 하시며
시집올 때 해 온 열두 동이들이 옥수수술의 그 찰진 맛을
이젠 보지 못하고 떠나겠다고 하시니
생이 저물듯 그 술맛도 저물 것 같아
그림자가 더 어두워지는 새벽

숙취가 방구석 어둠처럼 떠다니는 시간에
나는 어머니와 옥수수술 담그는 이야길 하면서
마음 한가득 담긴 그 옥수수술을 다 마시는 꿈을 꾸면서
백두대간 능선의 바람 같은 그 술맛을 보는 꿈을 꾸면서
올해 옥수수가 여물면 젖빛 술을 담가

노인정과 청년회와 나눌 생각을 하면서
숙취를 쫓는 새벽

아침은 먼 길을 돌아 산을 넘어오고
한 뼘쯤 자란 옥수수 잎은 문살에 어른거린다

호스피스 병원 뜰에 앉아

겨울이 끝나 가는 호스피스 병동 뜰에 앉아
막 꽃을 피우려는 매화의 그
옴죽거리는 작은 입을 보았다
낡은 외벽은 봄빛을 받아서 빛나고
죽음의 그림자는 희미했다

100일간 몸을 누이고
산소발생기 기포처럼 생에 온기를 넣거나
2층 현관에 나와 앉아
자원봉사 아이들의 연주를 들으면서
손자들을 기다렸던
어머니의 마지막 겨울

그 겨울이 가고 있었다
나는 주말이면 반찬을 해서
깔끔하게 닦은 반찬통을 들고
이 병동을 드나들었다
그러는 동안 나는

죽음에 좀 익숙해지기를 바랐다

병원은 말이 없고
오는 봄도 말이 없고
저 흰 성모를 닮은 의사는
몸이 아픈지 출근 전이다

모두에게 봄은 또 오는데
어머니는 북망에 갈 예정이다

합장을 하고

어머니와 합장을 하려고 아버지 봉분을 헤쳤다
16년 전 아버지는 그대로 잘 계셨다
누렇게 잘 삭은 뼈들이 생전 아버지 성격처럼 가지런
했다

지관 어르신과 그 뼈들을 다시 맞추면서 나는
생전 아버지 기억을 다시 맞추고 있었다

사라진 작은 뼈들처럼 군데군데 기억은 사라졌지만
남은 뼈 같은 기억은 차곡차곡 떠올랐다

예전의 아버지를 복원하고 관 뚜껑을 닫았다
나무못 박는 소리가 잣나무 꼭대기까지 흔들 듯했다

어머니를 나란히 잘 모시고는
이젠 그만 용서하시라고, 좀 다감하게 손도 잡고 걸으
시라고

그러시면 좋겠다고 빌고 또 빌었다

낙과 · 3

발아래 덜 익은 매실이 낭자하다
머리를 들어 보니
가지 끝마다 매실이 가득하다

꽃은 욕심처럼 피었고
열매는 무심하게 떨어진다

일찍 세상을 하직하는 일도
별일 아니라는 듯

이 세상에 무슨 미련 있겠냐는 듯

이별할 때를 가늠해 보다가
저녁을 맞는다

산거山居·11
—늙은 내 엄마

늙은 내 엄마는 어떻게 저승에 가나
대장암 말기라는데
명치 오른쪽 밑에 주먹만 한 덩어리가 잡히는데

식전에 혈당을 재면
영어로 'hi'라고 화면에 뜨는데

대장암 수술을 하려고
서울아산병원에 갔다가
중환자실 병상을 준비하고 수술을 해야 한다고
그것도 운이 좋을 경우라고 해서
그냥 집으로 돌아온 엄마

연명치료 거부 동의서에
삐뚤삐뚤 글씨로 서명을 한 엄마
그 동의서의 글씨만큼
굴곡이 심한 엄마의 시간

암 덩어리 커지고 당뇨 조절 안 되고
폐에 물이 차는 엄마
우리 엄마는 어떻게 저승엘 가나
자다가 그냥 훅 갈 순 없나
KTX처럼 휙 죽음까지 이를 수는 없나

죽음보다 깊은 잠에 든 엄마가
거실에서 숨을 몰아쉰다
밤새워 살았나 다섯 번쯤 들여다보고
안심하고 잠을 다섯 번쯤 청하면
오는 아침

엄마는 마지막으로 최선을 다해
지금을 살고 있을 것이다
이 순간이 최선이라는 것
나도 이 순간이 최선이라는 것

최선이 최선인 시간

최선이 정말 최선最善인 시간

자정을 지난다

산거山居 · 12
—알타리무를 뽑고는

어머니와 두 해는 살 수 있을 줄 알고
봉평으로 왔다
누룩 띄워 술을 빚어 친구들과 나누거나
메주 띄워 장을 담가 형제들과 나누겠다는 꿈은
하루아침에 사라졌다

명命이 사그라드는 어머니를 보는 게
건넛산 단풍처럼 하루가 다르다
아침이 다르고 저녁이 다르다
내가 이러려고 여기 온 게 아닌데
'내가 이러려고 널 오라고 한 게 아닌데'
눈가가 늘 촉촉한 어머니는 알타리무를 뽑으라고 하
신다

너무 많이 얼어서
참 불쌍한 일이라서
퇴근하자마자 알타리무를 뽑아 고무 함지로 덮어 놓
고는

냉기가 넘어오는 공제선을 보다가 들어와
저녁을 먹는다

어머니는 올챙이국수만 후룩후룩
목 넘김이 이만한 게 없다고 하신다
알타리무를 뽑듯이
내가 어머니 몸속 그 어둠의 덩어리를
쑥
뽑아낼 수 있다면 소원이 없겠다고 생각하는 동안

어머니는 올챙이국수를 다 드시고는
세상에서 가장 슬픈 눈으로 나를 본다
주말엔 집에 가라고
너도 처자식이 있지 않냐고
내가 네 짐이 되긴 싫다고

설거지를 하고 배추를 덮으러 나온 하늘엔
달이 너무 밝다

산거山居·13
―엄동설한

술이 과해 일찍 자리에 들었다가 깼다
창밖은 아직 어둠이 한창이다
내가 어쩌다 여기까지 왔는지 모르겠다
아직 마음은 봄이고 청춘인데
몸은 초로의 늙은이 같다
생활도 초로의 늙은이 같다
조그만 말에도 서럽고 섭섭하다
조그만 말에도 상처를 받는 게 늙는 것인가
생각하다가 술을 혼자 마신다
늙는 것이란 무엇인지
다 그런 것인지
새벽이 지나는 동안 혼자 이 추위의 가운데 앉아
억울하기도 하고 답답하기도 한
이 엄동설한의 한기를 견디는 것
그것이 또 한 생애인가 생각하고
또 생각하는 것이다

산거山居 · 14
—이별, 그 후

잘 계신지 모르겠다

죽으면 내가 뭘 알겠냐시던 어머니는
삶이 무엇인지 다 알고 가셨을까

마음이 누추한 게 문제지
생활이 누추한 게 문제가 아니라고
말씀 못 하고 가셨는데
아쉽지는 않으신지

옴죽거리는 매화 꽃망울에게 묻는
봄소식

산거山居·15
—늦봄, 어느 밤

은행나무 아래서 들고양이가 운다
격-격- 운다

자정을 넘은 시간인데 저놈은 혼자 견디지 못하는 제
욕망을 껴안고 또 울고 있다 건넛마을 누군가 자기를 찾
아올 때까지 저놈은 그 울음을 그치지 않을 것이다 울
음소리가 비명 같아서 마당가를 새벽이 되도록 떠나지
않는다

아침에 나가 보니
은행나무 아래에 울음이 떨어져 있다

움푹 파였다

어쩔 수 없이 타자를 불러야 하는
그래야 사그러드는 깊은 욕망만큼
움푹 파인 자리를 들여다보고는
아침을 걸렀다

은행나무 아래서 들고양이가 또 운다

껵-껵 운다

산거山居 · 16
—궁핍은 줄었으나

어디론가 가려다가 그냥 여기 머물기로 했다

참 많은 곳을 다녔지만 머물 곳이 없었다

몸은 떠났으나 마음은 늘 여기에 머물렀으므로

결국 나는 여기를 떠난 적이 없는 셈이다

그사이 뒤란의 마가목은 말라 죽었고

꽃사과나무는 가시를 엉크렇게 키우고는

궁궐처럼 꽃을 피우고 서 있다

산목련꽃이 늘어난 만큼

내 궁핍은 줄어들었으나

아버지는 산감이 된 지 오래고

어머니는 굽은 허리를 펴지 못하고 깨밭을 맨다

여기 머물기로 했으나 내 자리가 없으니

자꾸 궁둥이를 들이밀어 자리를 잡으려 할 뿐

마음을 내려놓아 그늘을 넓히려 할 뿐

그럴 뿐

산거山居 · 17
—안부

　내가 메밀꽃의 고장에 기거를 한다니까 사람들은 내
가 참 행복한 줄 안다 그런데 여기도 다 그만그만해서
무심코 아침은 오고 처연하게 저녁도 오고 하루 종일
아무도 신작로를 지나지 않기도 한다 희열이 아저씨는
식도암으로 고생하다 며칠 전 자진을 했고 전동 스쿠터
를 타고 할머니 줄 과자를 사러 오르내리던 근우네 할
아버지가 영원한 산감이 되어 어제 떠났다 선자 엄마는
봄부터 뵈지 않더니 지금은 어느 요양원에서 치매를 심
히 앓는다는 소식을 들었다 그러는 동안에도 여지없이
유명 문인이 유명을 달리했다는 부고는 문자 메시지로
오고 나는 아무렇지도 않게 문자를 지우면서 죽음도
다 새벽에 내렸다 사라지는 늦가을 서리처럼 생각한다
행복할 것 같은 이 메밀꽃 고장의 삶도 알고 보면 다 그
렇고 그렇다

　아침에 일어나면 예전 제재소에서 하라우시*로 일하
던 수덕이 아저씨의 안부를 확인하고 이발소집 아저씨
가 고답적인 기세로 신작로를 도는지 내다보면 된다 무

사하시라고 무사하시라고 빌면서 문밖을 내다보면 된
다 하루가 다 된다

* 제재소에서 나무를 켜는 일을 일컫는 일본어.

산거山居 · 18
—김 목수 장사를 지내고는

개울 얼음이 깨지는 소리에 깬 새벽
부고를 받았다
김 목수가 세상을 떠났다

제절祭砌이 좁아서 합장이 어려울 듯했다
생전에 두 분이 데면데면했으니
좀 띄어서 모시면 좋겠다고 했다
상주의 부탁이었다

천광穿壙을 하고 보니
사십 년 전 모셨다는 아주머니는
누런 뼈 몇 가닥으로 남아 있었다

하관을 하고 취토取土를 하고 횡대를 덮고
세 고패 회다지를 하고 봉분을 마무리하고
평토제를 지내고 나니
상주들은 울음을 그쳤다

내려오다 쳐다본 봉분은
어깨에 힘이 잔뜩 들어가 있어서
그 옛날 김 목수를 닮았다

새집을 잘 지어 드렸으니
뒤풀이를 거나하게 할 일
취기가 노을처럼 지는 저녁을 가로질러
집에 와 누웠다

사람이 태어나는 건 아무것도 아닌 일이고
사람이 죽는 건 참 큰일이라는데

이 두 가지가 바뀌어 버린 세월이
희미한 초저녁 속으로 지난다

산거山居 · 19

마른 고사리 한 봉지를 삶아 놓았습니다

밤 10시쯤의 일입니다

문밖은 혹한이라 한기가 창을 넘어옵니다

발목을 요 아래에 넣고는 슬슬 풀어지는 몸을 기억합
니다

지금은 사라진 집

오래전 신작로가 누추한 그 집에서도 그랬습니다

새벽이 올 때쯤 서늘한 구들에 온기가 오르면

요 밑에 발을 슬슬 들이밀고는

창호지를 뚫고 들어오는 한기에 맞서던 엄동설한

그때 그 한기가 지금 이 누추한 방에 닿아서야 풀어
집니다

   마른 고사리가 연해지듯

   마른 고사리가 봄날 고사리처럼 살이 오르듯

   한기 속에서도 긴 겨울밤의 기억과 근육이 풀어지듯

   당신을 향한 마음도 불어 오르길 빌면서

   설해목 지는 소리를 듣습니다

산거 山居·20
—겨울 산행

춥고 외로운 날이었다
아주 오래 산길을 걸었다
누군가 다가오는 듯하여 뒤돌아보면
바람뿐이었다
까마귀 두 마리가 순서를 맞추어 울었다
쳐다보니 다래 덩굴이 나무를 감싸고
애원하듯 매달렸다
이제는 애원할 세상도 없는데
이제 무엇에 매달려야 할까
해가 질 때까지 산길을 걸었다
외롭고 추운 날이었다

찔레꽃 피면

찔레꽃 피면 돌아온다고 했다던
양희은 노래 속 그는 아직 오지 않았다

그래도 찔레꽃은 핀다
어디 머물 땅도 한 평 없는데
찔레꽃은 또 피어 나를 건네다본다

처연한 저 흰빛이 더 처연하게 보이는 건
봄빛이 사방에 가득해서

내가 집을 떠나던 날도 그랬고
아버지가 산감山監이 되던 날도 그랬다

어머니는 찔레꽃 덤불을 지나면 닿는
양지바른 기슭에 계신다

2부

아무도 가르쳐 주지 않았다

소낙비와 사과꽃과 옥수수 대궁

수런거린다
비는 파산처럼 오다가
쉰다
사과꽃이 낭자하다
비는 다시 폭격처럼 내리다가
뻐꾸기 울음처럼 쉰다
몸을 웅크리고 앉아
근엄하고도 근엄해
세상 힐난쯤 감수하겠다는
옥수수 대궁을 보는데
비는 긋는다
빗금이 지우는 풍경 속으로
봄빛이 말라 간다

소낙비

어제는 느닷없이 비를 맞았다
바람이 사나워지면서 나뭇잎을 들추고
짙은 구름이 동쪽으로 몰려가는 건
소낙비가 온다는 징조
그 징조를 대수롭지 않게 여기다가
그만, 비를 맞았다

피할 곳이 없었다
아버지와 어머니가 만난 가난도 그랬을 것이다
피할 수 없으니 맞장을 떠야 하는데
소낙비 같은 가난은 정수리로 쏟아져서
결의를 다질 새도 없이 들이닥쳤을 것이다

궁핍한 내 생애에도 무슨 징조가 있었을 것이다
소낙비가 오리란 징조처럼
지은 죄를 반성하며 조금씩 저물게 될 것이란
그렇게 사그라들 것이란 징조가
있긴 있었을 것이다

그 징조도 모르고 갑자기 만난 소낙비에
속옷이 젖은 후 돌아온 처마 밑
어리석은 발길이 잠깐 멈춘
내 그리운 유년의 처마 밑

꽃을 기다리는지도 모르는 사이에

꽃을 기다리는지도 모르는 사이에
봄이 다녀갔다
체육관 옆 모란은
며칠 피었다가 어느새 흉측한 씨방만 남았다
수선화는 보이는 듯 사라지고
명자 열매만 남은 날

꽃이 진 화단을 산책하다가
벚꽃이 남긴 기억처럼 떨어진
버찌를 본다
그 빛이 진하고 또 진해서
며칠 전 스친 소녀의 눈동자 같고
또 그 속에 든 씨는
그 소녀의 다문 입술처럼 단단하다

버찌로 남은 봄에 자꾸 마음이 끌리는 것은
문득 신발 밑창에 붙은 그 버찌 씨처럼
나도 모르게 그 소녀가 내 마음에 붙어

봄날 창문을 넘어오기 때문이다
그 검은 눈동자가 자꾸 창에 어른거려
내 마음의 봄빛을 밝히기 때문이다

불영사佛影寺에 가서

바닥이 보이는 날이었어
저 어디 깊은 곳에서 올라온 슬픔이 불영사로 나를
데려갔지
부처님 그림자라도 보면 그 슬픔의 목을 자를 수 있
을까
해탈이 정말 있을지도 모른다고 생각하면서
단풍이 무채색 그늘을 남기는 길로
생각의 굴곡보다 더 구불거리는 가을 길을 따라서

슬픔과 미움이 뭐 별거냐고
세월에 익으면 다 용서되는 일이라고 말을 건네는
금강송 곁을 지나
백두대간 숨결을 뱉어내는 불영계곡 물소리 속을 걸
어 닿은
절집 연못

부처님 그림자라도 볼까 해서 연못을 들여다보았지
구름도 하늘도 꽃도 바람도 다 지나고 흐르는데

부처님 그림자는 막연했어
불영佛影을 본다는 게 어디 흔한 일일까

영원한 건 없다고
나 같은 백면서생에겐
절집 추녀 끝에 매달려 작은 울음 우는 물고기처럼
처연한
생활만 있는 거라고
불영사는 나를 가르쳤지
슬픔의 깊이만 배우고 돌아선 순간 만난
천축산 부처님

부처님 그림자

문득 울음이 났다

슬픔에 끌려 여기까지 왔다
비가 쏟아지는 산 아래
나이 든 주인이 지키는 카페에서
비애와 우수와 덧없음이란 말들을
아이스아메리카노에 섞어 얼음까지 씹어 먹으며
창을 불규칙하게 내려오는 빗방울들의 저
폭력적인 궤적을 쳐다보다가

문득 울음이 났다
여기까지 슬픔에 끌려왔는데
더 갈 곳이 없다
회한이란 말이 다가와
나를 끌고 또 어디론가 가기 전에는

산밑에 앉아
호우경보가 능선을 내려오는 소리를 듣는다

오래 앉아 있었다

영산암 늙은 스님이 늙은 개를 마루에 앉혀 놓고

좀 먹어라, 그래야 살지, 이놈아

나를 건너다보고는

이놈이 죽을 때가 다 되어 눈도 멀고 먹지도 못하는데
그래도 저승 갈 때까지는 내가 거둬야 하지 않겠소

하고는
흐린 개의 눈 속을 들여다본다

내가 잘 거두지 못했던 어머니는 지금 저승 어디에서
여전히 밭일을 하고 계실까

배롱나무꽃이 영롱하게 핀 절집 마루에
늙은 스님과 늙은 개와 덜 늙은 내가 오래 앉아 있었다

저녁에

한의사 친구에게 물었다

깊은 잠 못 자네, 자꾸 깨고, 그래선지 낮엔 더 피곤하
고 졸리고, 늙는다는 게 이런 건가

처방을 해 달랐더니

몸이 고단하면 잠을 잘 자는데
마음이 고단해서 잠을 잘 못 자는 법이라네
불편한 마음이 병이지

고단하고 불편한 마음을 들여다보니
미움과 분노와 서러움과 서글픔
그런 것들이 창궐하고 있어

마당에 나가
마당 하나 횡단하기 힘들어 지친 지렁이를 보다가
그 하찮은 생의 거룩함을 생각하다가

다시 들어온 방

찬 방바닥에 그냥 누워
누에를 생각하는 저녁
나비를 생각하는 저녁

눈썹

오래된 지인이 눈썹 문신을 하러 가자고 한다

거울 속 내 눈썹을 한참 들여다본다

볼품없다

세상에 웬만한 것들은 자세히 들여다보면 오묘하거
나 신비로운데

내 눈썹이 하찮다

살아갈수록 내 하찮은 생활을 닮은 눈썹을 다시 그
려야 할지 말지

머뭇거리는 사이

갑자기 추위는 오고 서리가 내리고 낙엽이 진다

봄

고라니가 운다
악을 쓴다
어두워질 무렵이다
이 능선에서 저 골로
비명은 직선이다
이 산협을 들었다 놓는다

저놈도 그 누구처럼
억울하거나
나처럼 간절하게
누가 그리운 것이다

돌배꽃이 피었다 지는 동안
비명을 지르는 것들이 있어

춘래불사춘

입동

중장비 일을 하는 후배가 김장을 했다고 수육에 소
주 한잔하러 오라고 했다 얼른 앞집으로 건너가 문을 두
드리니 늦게 얻은 어린 아들이 문을 열면서 인사를 한다

손에 포클레인 두 대가 들려 있다

이게 뭐니?
육따블 포클레인요
그럼 이건?
공투요

수육이 식어서 흰 기름기가 보일 때까지 중장비 사업
의 실태와 이윤과 정부 조기 폐차 보조금에 관한 이야
길 듣다가 돌아보니
그 늦게 얻은 아이는 여전히 포클레인 두 대와 함께
세상을 퍼내고 퍼 싣는 놀이를 하고 있다

포클레인이 좋아?

네

포클레인 몰고 가는 아빠가 멋있니?

네, 아빠가 제일 멋있어요

나는 언제 아빠가 멋있었나 생각하니 기억이 나지 않
는다 아득하다

들고 간 술을 다 비우고 문을 나서는데 그 아이가 포
클레인을 꼭 안고 인사를 한다 안녕히 가시라고

내일이 아버지 기일이다

열여덟 번째다

늦은 저녁

하루 종일 시내버스를 탄 적이 있었다
어디서 내려야 할지 알 수 없었다
나는 어디로 가야 하고 어디에서 돌아와야 하는지
아무도 가르쳐 주지 않았다

하루 종일 산길을 걷는 날이 많았다
어디서 내 걸음을 멈추고
언제 집으로 돌아가야 하는지
아무도 가르쳐 주지 않았다

세상은 나를 배신하고 속이고
나는 분노하고 절규하고 혼자 울면서
용서나 관용이나 자비가 없는 게 세상이라고
생각하는 동안

아무도 내게 손 내밀지 않았다

늦은 저녁 이 산골 집에 앉아

비가 내려오는 산 능선을 보면서
어둠을 맞으면서
자주 죽음을 생각하는 것이다

저 어린 잣나무처럼

좀 쉬어 가도 된다는 생각이 자꾸 드는 날
우물가 덜 자란 잣나무에 잣이 네 꼬생이 달려 있는
걸 보았다

잣은 2년생이니까 작년부터 저 잣은
하늘도 보고 바람도 맞고 눈도 뒤집어쓰면서 저기서

내가 뭘 하는지 지켜보고 있었을 것이다

밤새 어둠 속을 들여다보며 울음 울거나

봄꽃 피는 건넌산을 내다보며 산감이 된 아버지 어머
니를 생각하는 나를

물끄러미 지켜본 저 잣은 내게 할 말이 많을까

저 어린것이 제 몸에 과한 잣을 네 꼬생이나 달고는
하루가 다르게 몸을 불리며 여름 끝으로 가는 저 잣

나무는

　내년은 쉬고 후년에야 잣을 키울 것이다
　쉬라고 말 안 해도 쉬는 저 잣나무처럼

　나는 나에게
　그만 쉬라고 한다

내가 쓰고 싶은 시

나이가 들면
자작나무 껍질에 연애편지를 쓰는 청춘에 대해
그 청춘의 설렘에 대한 시를 쓰거나

해당화나 동백꽃이나 그 꽃잎처럼 붉은
찬란한 사랑에 대한 시를 쓰거나

그도 아니면
이백이나 도연명처럼 초월과 은둔과
그 어떤 위대함에 대한 시를 쓸 줄 알았는데

여전히 나의 시는 분노로 가득 차 있고
여전히 쓸쓸하고 외롭고 또 가엾은 것들뿐이다

세월호는 여전히 인양되지 않았고
일용직 노동자의 주검은 장례 전이니

나는 언제쯤에 가닿으면

풀잎 이슬에 비친 사랑의 애틋함이나
소한小寒 들판에서 바람을 견디는 저
절정의 경건함에 대해 쓸 수 있으랴

배달 라이더처럼

지난 두 해 동안 나는 배달 라이더처럼 살았다
바이러스라면 유독 경기驚氣를 하는 식구들은
모든 걸 배달시켰다
나는 밥이며 국수며 심지어 삼겹살까지 주문하고 찾
으러 다니면서
수많은 배달 라이더와 마주쳤다
두꺼운 마스크와 검은 헬멧으로 얼굴을 가린 그 라
이더의 눈빛에는
지금 모두의 눈빛을 대신하듯
불안과 두려움, 분노와 어떤 초조가 섞여 있었다
잠시 교차하는 순간에도 전해지는 그 눈빛들

나도 그 배달 라이더처럼 두 해를 보내면서
점점 내 눈빛이 그들과 닮아 가고 있다는 걸
어느 날 거울을 보고 알았다

무서운 일이 벌어지고 있다는 건
분명했다

마가리 캠핑장에서

마가리에서 캠핑장과 농사를 하는 친구를 찾아갔습니다. 6월의 녹음이 가득한 야외 탁자에 두툼한 겉옷을 걸치고 앉아 나를 맞이한 친구가 잘 우린 차 한 잔을 때전 주전자에서 따랐습니다. 술 없인 못 사는 그 친구가 며칠 술을 끊은 사연을 듣다가 세상의 허망과 배신과 그런 서늘한 것들을 생각하면서 차를 마셨습니다. 잔이 비면 친구는 자꾸 차를 따랐습니다. 유근피와 산목련꽃과 산당귀와 뭐 그렇게 몸에 좋은 것들을 우린 차를 앞에 두고 혈액 순환과 치매와 관절염에 대한 이야기를 하면서 우리는 근사한 노년을 꿈꾸는 대신 지나 버린 청춘을 오래 들여다보았습니다. 그 청춘의 그늘은 친구의 촉촉한 눈 안에 가득 고여 있었습니다. 마가리는 그렇게 먹먹하게 저물고 있었습니다.

산협
—코로나19 예외 지역에서

다섯 명 이상이면 밥도 못 먹는 세상이 되자
친구들은 허가가 필요 없는 공간에 모여
고기를 굽고 술을 따르고 세상을 욕하고
다섯 명 이상도 밥을 먹을 수 있다는 자부심에
서로를 칭송하면서
겨울을 났다

그럴 때마다 친구들은 꼭 내게 전화를 해서
양미리나 도루묵이 익어 가는 향기로 나를 유혹하
거나
오랫동안 소식이 멈추었던 친구의 목소리를 앞세워
나를 그 무허가 공간으로 이끄는 것이었다

삼십 년이 넘도록 나를 감금한 공직公職이
늘 공직空職이 아닐까 생각하는 나는
소주를 한 박스 들고 친구들을 찾아가
살짝 말라 가며 구워지는 그 양미리와 도루묵에서
올라오는

동해의 짭조름한 바다를 즐기는 것이었다

도시는 코로나 팬데믹으로 소통과 화해와 공생 같은
그런 긍정적 가치가 중단되었다지만
이 궁벽한 산협은 다르다고
처음으로 돌아가는 것이
자연으로 돌아가는 것이
이 엄중한 세상의 출구가 아닐까
취기에 가끔 발을 헛디디며
생각해 보는 것이었다

역병이 창궐하던 해

역병이 창궐하던 해 봄
나는 교문에서 아이들을 기다리다 지쳐
뒷산 산책을 하거나
마가리 밭에서 일을 했다
두릅 순을 치고 눈개승마 모종을 심어도
저녁은 쉽게 오지 않았다

저녁이 올 때쯤이면
나는 뭔가 심어야 할 것 같은
뭔가 심고 키우고 다독여야 할 것 같은 생각에
뭘 좀 살려내야
그래야 내가 살 수 있을 것 같은 생각에
모종 가게를 기웃거렸다

다행히 봄은 갔고
여름은 길었다
비는 기록적으로 오래 쏟아져
봄에 심은 모종들이 다 떠내려갔다

역병이 창궐하던 해 가을이 와도
아이들은 학교를 오지 않았다

문자 메시지

사람 사이에서 사는 게 어렵고
사람이 두렵고
사람에 치이고 사람에 상처받으니
그 상처가 흉터로 남는다는 걸 아는 데
많은 시간이 걸렸다

사람과 적당히 거리를 두고 선다
말도 조심스럽게 하고 악수도 청하지 않는다
그러니 두렵지 않고 상처도 받지 않는다
평화고 공존이다

적막 속에 앉아
어둠과 별빛과 뒤란의 쑤석거림을 생각하다가
쌓인 문자 메시지를 들춰 본다
참 많은 사람들이 비명처럼 소식을 전하고
참 많은 사람들이 오래 참은 말을
나에게 활자로 보낸다

활자는 상처를 덜 주지만
활자는 차고
활자는 두려운 무엇이 있어
답장이 써지지 않는다
그냥 읽고 지울 뿐

사람의 상처는 흉터를 남기지만
그 흉터가 곧 삶의 밑불이라는 걸 아는 데
여러 계절이 필요했나 보다

문자 메시지가 또 온 모양이다
이 궁벽한 산협까지 온 저 문자 메시지가
참 대견하다

해가 이르게 넘어간다

영욕榮辱이 반半이라는 말

영욕이 반이라고 하길래
영榮을 멀리하니 욕辱이 없어 좋은데
욕을 피하려니 영은 영영 없고
사람도 떠나 혼자된 지 오래

내게 얻을 것이 있는 자들이
잘 포장된 말을 건네고
그 말에 약속을 하고는
그 약속을 지키느라 모멸의 순간까지 만나고
돌아섰던 날들

도둑질을 했던 자가 번듯이
영화로운 자리에 앉아
내게 전화를 한다
욕을 하고 싶으나 하지 못하는 건
욕을 근사하게 하는 방법을 알 수 없어서

알아듣지 못하는 자에게

알아듣게 욕을 하는 것도
능력 중 최상의 능력
욕 한마디 못 하고 벌판을 보며
세상에 욕 한마디 던지고는

돌아와 아궁이에 불을 땐다
솥 가득한 물이 끓는다
그 잠시 동안 혼자 앉아
영욕이 반이라 반복해 말해 본다

시냇물

작은 돌을 들추니
물은 새길을 낸다

그 길이 환하다

하구는 멀지만
조금 큰 돌도 들춰

길을 내고 또 내는 일이

시냇물의 일

이별할 때를 안다는 것

알레르기 비염 증상이 코끝에 닿을 때를 안다는 것과
당신이 나를 떠날 때를 안다는 게 같은 일이란 걸
이제야 알았습니다

무심코 갑자기 예고도 없이 찾아오는
그 진동이 몰아오는
다급하고 어쩔 수 없는 무모함과 막막함

당신이 그렇게 떠날 것이기에
비염이 코끝에 오면 얼른 약을 먹듯 마음을 돌립니다

등 뒤에서 멀어지는 당신과의 거리를 오감으로 더듬
으며
어둠이 내릴 때까지 서 있는 일

요즘 그 일에 열중입니다

3부

혼자라는 말을 생각하다

내 등이 너무 멀다

새벽에 잠이 깨었는데 등이 가렵다
양손을 이리저리 더듬거리니 겨우 가려운 곳에 손이
닿았다

내가 내 등을 긁는 마음으로
저녁까지 옥수수밭을 맸다

자려고 누웠는데 등이 가렵다
양손을 이리저리 휘둘러도 가려운 곳에 닿지 않는다

내 등이 너무 멀다

하루 땅에 엎드린 공력이
내 등을 긁을 수 없는 불구의 몸으로 남는
장년의 저녁쯤

새벽에 깨어 가려운 등을 또 긁는다

눈 내리는 밤

제설차가 경고음을 내며 지난다
창밖이 환하다
이런 밤이면

김치각에서 퍼 온 동치미에 언 찰떡을 구워 먹으며
동면하는 개구리처럼 겨울을 나던 내 아버지와
상고대 사이로 샘물을 길어 가마에 붓고
장작을 때 구들을 데워
식솔의 새벽잠을 다독이던 어머니가
저 마가리에서 오실 듯하다
창밖은 폭설로 더 환하게 방을 비추는 동안
나는 예전 아버지나 어머니처럼
앞대로 나간 아이들 걱정을 하며
어느 산속 암자에 들러 절을 하면서
두 아이의 무고를 빌거나
새벽에 일어나 앉아 몇 년 전 여행 사진을 뒤적이며
아이들의 빛나는 청춘을 들여다보는 것이다

창밖에는 이 산협의 해발 표고만큼 눈은 쌓이고
제설차마저 끊어진 동틀 무렵
뻑뻑한 두 눈에 인공눈물을 넣으며
겨울밤을 지새우는 요즘

외롭기도 하고 서럽기도 하고
그립기도 한
눈 내리는 밤

새가 집을 지었다

처마 밑에 새가 집을 지었다
암수가 잠시 뭐라고 이야길 나누는데
알도 낳은 모양이다

내 첫 살림도 저러했을 것이다
겨우 비를 피할 수 있는 곳
아주 작은 방에 살이 맞닿을 듯한
호흡이나 체온이 전해지던 곳

위험을 피하고 싶지만
위험을 피할 수는 없는 곳

그곳을 떠나 넓고 탄탄한 집으로 이사를 했지만
저 처마 밑 어설픈 새집 같던 그
첫 살림집이 자꾸 생각나는데

두 아이 모두 서울로 떠나고
아내는 주말도 야근이라 부재중이니

길을 내다보고 마당을 걸어 보고 또 라면을 끓이면서
혼자라는 말을 자꾸 생각해 보는 것이다

별

그립기도 하고 아니기도 한
저 먼 능선에 잠시 드러났다 사라지는
슬픔이거나 연민이거나 또는
아득한 얼굴이거나 낮은 목소리거나

자꾸 내다보고 건너다보고
지나가는 오후

볕이 사그라들고
나는 또 그립거나 외롭거나
슬프거나 연민에 매여
저녁을 맞이하는데

힘들어 돌아가고 싶었으나
너무 멀리 와 버려서
돌아갈 방법을 찾지 못하고
맞이하는 초저녁 별

봉정사 아랫마을에서

미워하는 마음을 버리러 떠나온 이 먼 곳까지
저 고라니는 따라왔는지
새벽 풀벌레 소리를 들추고 악을 쓴다

고요 속에서
절집 마당에서 지고 있는 능소화 같은 마음이
새벽 울음 속으로 사그라드는 새벽

내리던 비가 그치고
동편은 조금 밝아 오고

나는 고라니 울음 같은 미움을
저 절집 늙은 개가 물어 가라고
몇 번인지 모르게 절을 하고는

마을로 내려가 열심히 밥을 먹고
또 누군가에게 밥을 사기로 한다

연필을 깎네

연필을 깎네
이젠 연필만 넣으면 자동으로 깎이는 기계도 있는데
칼을 경건하게 들고
경건하게 연필을 깎네

경쾌하고 우아한 곡선으로 깎이는 나무 향에서
원시의 숲이 보이고
물기 같은 윤기가 잠깐 빛나는 연필심에서
3억 년 전 고생대에 타 버린 식물이 보이는데

처음 연필을 깎던 어느 날
이젠 저승에 가신 어머니가
물끄러미 나를 건너다보던 그 눈빛이
연필심을 고르게 만들던 시간처럼 생각나

연필을 깎네

나는 왜 연필을 깎고 앉아 있나

깎아낼 그 무엇도 깎지 못하면서

연필을 깎네

금몽암禁夢庵

금몽암엔 능소화가 한창이었다

액자만 한 출입문으로 보이는 현판을 찍고는
절집 마당에 들어섰는데

말벌이 한창이었다

댓돌에서 금강역사처럼 포즈를 취한 말벌들이
나를 노려봤다

부처님은 면담이 어려운 권력자 같다고 생각하면서
계단을 내려와 돌아보니

함지박만 한 말벌집이 처마 밑에 붙어 있었다

부처님은 말벌도 잘 대접하는 분이라 생각하면서
좁은 길을 걸었다

한참 뒤
초설에 발자국이 드문드문 난 날이었다

말벌집이 나를 물끄러미 내려다보았다

금강역사 같은 말벌이 사라진 댓돌을 올라 들어선 법당엔
금빛 부처님이 계셨다

바닥은 따뜻하고
부처님 표정은 온화하였다

절을 하고 나온 처마 밑 말벌집에
노을이 걸려 있었다

그러고 보니 이 절집에 오겠다는 꿈은
한 번에 이뤄진 적이 없었다

그늘

저 나무 그늘로 새가 날아갔다

저 처마 그늘로 그는 사라졌다

저 산그늘 아래로 그녀가 사라졌다

나만 남았다

그늘은 자꾸 내게 이별을 원한다

그래서 이별은 그늘처럼 내 발밑까지 왔다

그늘에는 그늘이 없다

다행이다

내 사랑은 오래되었으니

내 사랑은 오래되었으니
그 빛깔은 낡아
그림자조차 희미하다

겨울빛이 사그라드는 어느 저녁
희미한 노을 속에 앉아
그 노을빛에 내 사랑을 견주어 보고는

망연히 앉아 어둠을 맞는다
생각해 보면 내 청춘의 사랑은
강고하고도 굳건하였는데

새로운 사랑의 빛을 기다리며
지새는 밤

대설주의보가 내린다

봄이 오고 가는 동안

봄빛이 완연해지면
나는 속이 궁근 나무처럼 서서
지나는 바람 소리에도 몸이 울려
잦은 현기증에 이마를 짚는다

꽃이 피는 동안
꽃잎이 지는 동안
그 짧은 시간만이 봄이라고
궁근 나무처럼 서 있는 내게
새가 말하고 떠나면

늦게 어둠이 오는 개울가에 앉아
저녁 빛이 사그라드는 어느 순간
공제선이 물빛을 점령해 다가오는 순간을
최후처럼 기다리면서
집으로 돌아갈 날을 세어 본다

불빛이 희미한 길을 걸어

속이 궁근 집에 다다르는 시간

봄이 가는 시간

연민

한 번쯤은
별똥별이 소낙비처럼 쏟아지는 냇가에서
그 별똥별을 모두 담아 그대에게 보내고 싶다는
그 별빛이 사그라드는 아주 잠시 동안만이라도
당신의 마음 가까이 가고 싶다는
근사하고도 유치한 시를 쓰고 싶었다

내가 떠난 뒤에도 별똥별은 가끔
소낙비처럼 앞개울에 쏟아졌을 것이다

내가 떠난 뒤 그 별똥별 묶음을 받을 사랑도
어디론가 사라졌을 것이다

무엇이라도 남은 것이 있지 않을까
사람이 다 떠난 마을에 가 보았다

노을이 지고 있었다

수타사壽陀寺에서

홍천 수타사 대적광전에서
미움아 저 멀리 가라고
절을 하고 나왔는데
추녀 끝에 쟁반보다 큰 거미줄이
녹음을 배경으로 걸려 있다

하찮은 것이 가끔 장엄한 무엇이 되기도 하는데
저 엉덩이만 커진 미물이 절집에 살면서도
버리지 못하는 미련을
내가 어떻게 버릴 수 있을까

절 마당엔 초로의 어른들이 떼로 와서
정부 복지 정책과 연금과 부동산 세금에 대해 말하
다가
흥회루興懷樓를 돌아 나간다

나도 아무렇지 않게 절집을 나와
집으로 돌아온다

출근길

까마귀 대여섯 마리가 쓰레기봉투를 물어뜯고 있다

내장이 터져 나온 저 쓰레기봉투는 낡은 내 몸통을 닮았다

악취 나는, 더러 구멍도 난 썩은 몸을 남 앞에 내놓고는

다들 멀쩡한 몸이라고 보아주기를

나를 분리수거라도 해 주길 바라는 요즘

까마귀가 뜯어 젖히는 저 쓰레기봉투 속에는

청춘도 있고 좌절도 있고 취기도 있고

울음이 덜 마른 새벽도 있었을 텐데

까마귀 같은 시절이 싱싱한 부위를 파먹어 버려

소각용으로 실려 갈 몸만 남은 요즘

두려움이 산맥처럼, 그 그늘처럼 비치는 출근길

손을 베다

백무산 시인의 시집 '이렇게 한심한 시절의 아침에'를
읽다가
손을 베었다

'사랑 혹은 불가능'*을 읽다가 누군가 이마를 인두로
지지는 듯하여
얼른 시집을 덮고 가지런히 손을 모으려는데

손을 베었다, 엄지와 검지 사이 가장 깊은 곳

무엇이 우리를 사랑으로 이끌고 미움에서 멀어지게
하는지
또 죄는 왜 쌓이고 속죄하지 않는지

자꾸 사랑에 대해 거짓말만 하는지

나에게 되묻는 동안

많이 먹고 많이 가질수록 죄가 줄어든다**는 말에
베인 손

* 백무산 시집 『이렇게 한심한 시절의 아침에』에 수록된 시.

** 백무산 시 「히말라야에서」 중.

저녁

소나기가 그치고
창밖에서 새가 운다
투명한 소리 사이로
비구름은 산 정상으로 오르고
저녁이 온다

갑자기 눈물이 난다
나는 불행하다*

멈출 수 없는 눈물 사이로
몇 얼굴이 지난다
알 듯 모를 듯한 얼굴이 지나면
그 표정을 생각해 본다

이러자고 내가 여기까지 온 건 아닐 것이다

꽃은 찬란하게 피어야 하고
비는 폭포처럼 쏟아져야 하고

별은 은하수 넘치게 빛나야 하고
사랑하는 사람들은 다 내 곁에서
아름다워야 한다

모두 떠나고
모두에게 잊힌 나는
불행하다

*기형도 시 「진눈깨비」 중.

산새

산길을 오르는데
작은 새 한 마리가 최선을 다해
나를 벗어나려 날다 멈추고
날다 멈춘다

어린 새인 모양이다

봄 어느 나무 위 둥지에서 자라
겨우 이 계절의 품속에서
일용할 양식으로 자라나

폴짝 뛰어 나는 법을 배운 지 얼마 안 되는 저 새가

나를 뒤에 세우고
나를 이끌고 산속으로 간다

저 산속에 무엇이 있기에
고요나 평화나 초월이 있을까

새는 그 나는 폭을 점점 넓혀
훨훨
개울 건너로 갔다
가 버렸다

마음이 아프니 몸도 아픈

마음이 아파도 몸은 안 아픈 시절이 있었다

새벽까지 술을 마시고 해장술을 한잔하던 시절에
나는

언젠가 마음이 아프면 몸도 아플 때가 오리라 예감하
기도 했다

시간이 지나면서 지상에서 견디는 생활은 마음이 아
픈 일투성이

세월호는 인양하지 못했고 어린 노동자의 죽음도 막
지 못했다

마음이 아프니 몸도 아픈 시절이 왔다

돌이켜도 소용없는 시간

초저녁 마신 술을 견디지 못해 자다 일어난 축시丑時
무렵

별이 가득한 하늘을 내다보며 아픈 마음을 달래 본다

별이 가득한 하늘 보며 아픈 몸도 주물러 본다

돌아가신 분에게 전화를 하고

아이들 그림을 좀 봐 주십사 청을 드리려고
오래전부터 뵌 선생님께 전화를 드렸다

신호가 두 번 가고 끊겼다
다시 눌렀다
또 신호가 두 번 가고는 끊겼다

잠깐 앉아 이 오래된 선생님의 근황을 생각하다가
점잖은 걸음으로 옛 학교 운동장을 가로질러
조용히 내 청춘에 안부를 건네던
삼십 년 전 어느 초가을 날을 기억하다가

혼자 소풍처럼 들른 전람회에서 눈길을 잡았던
어두운 하늘이 내려와 오래된 집들을 덮고 있어
음습하나 따뜻했던 그림을 보고 또 보다가 만난
반듯한 이름 세 글자를 생각하다가

지인에게 근황을 여쭈었더니

지난가을 세상을 떠나셨다고
조용히 떠나고 싶다면서
가까운 친지에게만 부고를 보내라 하시고
부고처럼 조용히 떠난

그 선생님께 전화를 걸고 또 걸고는 앉아
수첩에 '불통'이라 적었던 지난봄

나이가 들수록 그림이 따뜻해지던
그 오래된 미술 선생님을 가끔 생각하는
이른 봄

그가 꽃 핀다
―고 노무현을 기리며

그를 처음 대면한 건 임기가 끝날 무렵
뜻대로 되는 일이 별로 없다며
공존의 가치를 곰곰 생각한다고 했다

그리고 참담한 그날 오전
나는 오대산 월정사 전나무 숲을 걷고 있었다
생명의 숲이라는 그 숲속에서 죽음의 소식을 들었다

그날 저녁
나는 대한문 앞을 지나고 있었다
큰 문 앞에 사람들이 모이고
누구는 울부짖고 누구는 망연자실한 듯
네온사인이 불야성을 이룬 서울의 하늘을 보고 있
었다

모든 건 다 지난 후에야 실감하는 것이라고
세월이 그렇게 가르치는 동안
그의 선한 눈매와 일자 주름은 더 선명해졌다

갈 수 없다고 생각했던 봉하마을에 들른 어느 겨울
바람은 차나 햇살은 따뜻했다
어느 나무 아래에 한참 앉아 있었다

가끔, 문득 고심 가득했던 옆얼굴이 생각날 때가 있다
그가 가닿고 싶었던 세상을 생각할 때가 있다
문득 그리운 그 무엇이 목을 메게 하는
그런 때가 있다

봄이 오는 길목으로 꽃길이 열리면
그가 꽃 피기도 한다

배웅

3번 승강장으로 기차는 들어왔습니다

눈에선 눈물이 솟았지만
입 꾹 다물고 울음을 삼켰습니다

떠나는 아이의 그늘이 남긴 넓이가
너무 커 보였습니다

기차는 잠시 후 서울에 닿겠지요
기차에 오르는 아이를 보며

세상은 참 따뜻하고 환한 그 무엇이길 빌었습니다

눈물은 솟았지만
울음은 참았습니다

그뿐입니다

장년의 저녁, 그 혼돈의 안팎 풍경

김경수(문학평론가)

외우畏友 김남극 시인의 세 번째 시집을 읽자니 문득 시인이 두 번째 시집에서 했던 말이 떠오른다. 그는『너무 멀리 왔다』(실천문학사, 2016)에 부친 '시인의 말'에서 "시집을 세 권만 내면 번듯한 인생이란 생각을 한 지 십년이 지났다. 벌써 두 번째를 내고 있으니 7할은 잘 지나온 셈이다. 하지만 남은 한 권이 만만치 않으리라."고 말한 적이 있다. 그런데 이번 시집은 시인의 그런 예감이 정확하게 들어맞았다는 것을 확인이라도 하듯 힘겨운 고투의 흔적을 여기저기 보여 주고 있다. 세 번째 시집에 수록된 시편들이 두 번째 시집의 문제풀이도 아니었을 텐데, 시인은 어떻게 이렇듯 장차 다가올 자신의 미래의 시편들을 예감할 수 있었을까.

시집을 읽다 보니 어느 정도 그 답을 알 것 같기도 하다. 「마음이 아프니 몸도 아픈」이란 시에서 시인은 "마음이 아파도 몸은 안 아픈 시절"에 "마음이 아프면 몸도 아플 때가 오리라 예감하기도 했다"고 말하고, 뒤이어 바야흐로 "마음이 아프니 몸도 아픈 시절이 왔다"고 말한다. 꽃 같은 청춘의 한복판에서 자신의 늙음을 상상하기란 쉽지 않은 일이며 부질없는 공상일 수도 있을 것이지만, 마흔을 넘고 쉰을 넘어가는 시기에 이른 사람들에게 그것은 더 이상 공상일 수 없다. 여전히 젊다고는 확신하되 어딘가 자기 몸이 자신의 의지와는 무관하게 서서히 말을 듣지 않게 되는 육체적인 이상이 불현듯 찾아오게 되는 것을 확인하게 되는 연령대가 바로 중장년의 시기이기 때문이다. 이 시집을 여는 시 「내 등이 너무 멀다」에서, 김남극 시인은 자신이 예상했던 노화의 징후를 온몸으로 확인하는 순간을 다음과 같이 적고 있다.

> 내가 내 등을 긁는 마음으로
> 저녁까지 옥수수밭을 맸다
>
> 자려고 누웠는데 등이 가렵다
> 양손을 이리저리 휘둘러도 가려운 곳에 닿지 않는다
>
> 내 등이 너무 멀다
>
> 하루 땅에 엎드린 공력이
> 내 등을 긁을 수 없는 불구의 몸으로 남는
> 장년의 저녁쯤

새벽에 깨어 가려운 등을 또 긁는다

—「내 등이 너무 멀다」부분

　시인은 자신의 노화를 온몸으로 확인한 즈음을 "장
년의 저녁쯤"으로 표현한다. 사전에서 '장년'은 한참 기
운이 왕성한 30~40대 안팎의 나이를 의미하며 '중년' 또
한 마찬가지다. 50대를 일컫는 특정한 어휘는 기억나지
않지만, 평균연령이 늘어남에 따라 이 두 연령대를 합쳐
'중장년'이라 표현하기도 하고 또 50대까지를 포괄하는
경우도 있는 만큼, 1968년생으로 이제 55세인 시인이 스
스로를 장년이라 부르는 것이 그리 이상하지는 않다. 그
런데 소년기나 청년기라는 것에 비하면 '중년' 혹은 '장
년기'는 여러모로 문제적인 연령대다. 노년과 비교해서
도 그렇다. 50을 넘어 환갑을 향해 가는 장년들의 삶이
란, 대체로 부모님들은 돌아가셨거나 병들어 계실 확률
이 높고, 또래들에 비해 다소 일찍 보고 늦게 본 차이는
있을지언정 성인의 문턱을 훌쩍 넘어선 자식들은 부모
의 슬하를 떠나 독립된 성인으로 자신들만의 삶을 살
아가고 있을 가능성이 높다. 부모의 상실과 자식들의 집
떠남과 독립이라는 이런 공통적인 가족적 환경 외에 그
연령대의 인물들이 저마다 처한 개인적인 삶의 조건 또

한 천차만별일 것이다. 직장인이라면 사회적 정년을 목전에 두거나 이미 정년을 맞이했을 수도 있고, 자신이 평생 해 온 직분이 지복bliss이었나 하는 자문도 생겨난다. 배우자와의 관계 또한 일률적이지는 않을 것이다. 배우자와 사별한 채 혼자된 경우나 재혼으로 새로운 배우자와의 생활을 영위하는 경우도 있을 것이며, 직업적이거나 그 밖의 이유로 배우자와 별거하거나 간헐적인 만남만을 이어 가는 사람도 있을 것이다. 더불어 돌아가신 부모에 대한 그리움이나 배우자와의 사이에서 경험했던 온갖 종류의 애증의 감정들, 본말이 전도된 듯한 세상에 대한 분노 같은 부정적 감정은 말해서 무엇하랴. 그러니 그 말의 넓이만큼이나 다양한 장년의 삶이 존재할 것인데, 운이 아주 좋다면 모를까 이런 요동치는 안팎의 환경에 더해 질병이나 육체적인 불편 같은 것마저 떠안고 가야 한다면 장년의 위기성은 더더욱 배가될 것이다. 그런 의미에서 장년기는 어쩌면 성인기의 문턱에서 맞는 사춘기에 버금가는 문제적인 시기라고 말해도 좋을 것 같다.

이 시집에서 시인 스스로 "장년의 저녁"이라고 부른 저간의 삶의 풍경들을 확인하기란 그리 어렵지 않다. 우리는 그의 시에서 타지로 떠나가는 아이를 배웅하는 순간의 외로움과 고독(「배웅」)을 보는가 하면 술을 끊은 친구와 마주 앉아 "몸에 좋은 것들을 우린 차를 앞에 두고 혈액 순환과 치매와 관절염에 대한 이야기를 하면서", "근사한 노년을 꿈꾸는 대신 지나 버린 청춘을 오래 들여다보"는 장면도 목격한다(「마가리 캠핑장에서」). 또한 한마을에서 자라나 오랜 세월 함께했던 동네 어른들이 하나둘 "영원한 산감이 되어" 떠나거나 요양병원에서 생애의 마지막을 기다리고 있는 정황도 시인이 마주한 장년의 위기감을 증폭시킨다(「산거·17-안부」). 노년기에 접어든 이웃들의 삶과 죽음은 제삼자의 것이 아니라 결국은 장년을 넘어서고 있는 시인의 가까운 미래이다. 자신의 삶도 이웃들의 그런 삶의 단계를 밟아 갈 것이라는 외면할 수 없는 예감마저도 장년의 현재를 구성하는 중요한 부분일 텐데, 이번 김남극 시인의 시편들이 황혼 녘 혹은 저녁이란 시간대에 집중하고 있는 것도 바로 이런 이유 때문이다. 환한 대낮에서 밤으로 넘어가는 시간대에, 하늘과 지상의 지형지물이 맞닿아 드러나는 흐릿한 '공제선空際線'이 시인의 눈에 각별하게 보이는 것도 마찬가지다. 그것은 조만간 컴컴한 어둠 속으로 녹아 사라져 버릴 것이기 때문이다. 마치 예견된 노년처럼 말이다.

간혹 시인은 결코 시적이랄 수는 없는 직설적 어법으로 "어쩌다 여기까지 왔는지 모르겠다"(「산거·13-엄동설한」)거나 "이러자고 내가 여기까지 온 건 아닐 것이다"
(「저녁」)라고 말하기도 하는데, 그것은 노년이 눈앞의 현
실로 다가온 것을 절감한 장년이라면 누구라도 느낄 법
한 초조함과 막막함이 시인에게 그만큼 절박하게 다가
왔다는 것을 의미할 것이다. 그렇다면 곧 노년을 맞이할
이 장년의 위기를 어떻게 건널 것인가. 그리고 이 수수께
끼 같은 시기를 제대로 건너는 법은 있기는 한 것인가.
「별」이라는 시를 보면 시인은 이 위기를 맞아들이는 어
떤 계기를 본 것 같다.

> 그립기도 하고 아니기도 한
> 저 먼 능선에 잠시 드러났다 사라지는
> 슬픔이거나 연민이거나 또는
> 아득한 얼굴이거나 낮은 목소리거나
>
> (중략)
>
> 힘들어 돌아가고 싶었으나
> 너무 멀리 와 버려서
> 돌아갈 방법을 찾지 못하고
> 맞이하는 초저녁 별
>
> ─「별」 부분

위 시는 살다 보니 어느새 "장년의 저녁"을 맞닥뜨린 시인이, 마치 자신과 같은 존재처럼 있는 듯 없는 듯 어정쩡한 초저녁에 능선 위에 모습을 드러낸 별을 바라보는 풍경을 보여 준다. 어쩌면 때를 잘못 알고 나온 초저녁 별은 시인 자신의 모습이기도 할 텐데, 이런 느낌은 비단 그만의 느낌은 아니었을 게다. 그러니까 아직은 완전히 어둡지 않아 희미하게나마 자신의 존재를 드러낸 별은, 장년마저 넘어서는 삶의 한복판에서 망연자실 길을 잃은 시인은 물론 자신보다 앞서 삶의 어느 한순간 그런 삶의 쓸쓸함과 절망감 같은 것을 경험했을, 지금은 기억으로밖에 남아 있지 않은 어떤 존재들의 모습이기도 할 것이다. 이번 세 번째 시집에 수록된 김남극 시인의 시를 읽다 보면 시인이 돌아가신 부모님을 회상하는 일이 더욱 잦아졌다는 것을 알 수 있는데, 이런 변화는 시인이 의식했든 그렇지 않든 장년의 저녁 어느 능선 길에서 우연처럼 발견한 초저녁 별에서 섬광과 같은 계시를 얻은 것은 아닐까. 노년을 맞이하게 될 장년의 인물에게, 자신처럼 자식들이 성장하여 곁을 떠나고 또 어느 시기에 자신들의 부모를 여의고 장년을 맞이하고 또 노년을 거쳐 삶을 마감한 부모야말로 장년의 시인이 자신을 되돌아볼 수 있는 가장 훌륭한 거울일 테니 말이다.

그런데 당연하게도 부모님은 돌아가시고 안 계시다.

이것은 모든 장년에게 공평한 현실이다. 그래서 그들에게서 장년을 건너는 법, 노년을 맞는 법, 병을 받아들이는 법, 그리고 죽음에 순응하는 그런 지혜를 전수받기란 애초부터 불가능하다. 이 또한 장년의 모든 인물이 마주해야 하는, 사람 수만큼이나 개별적일 유일하고도 엄연한 현실이다. 그렇다면 그들의 삶을 재구할 수 있다면 어떨까? 돌아가신 부모의 삶의 시종始終을 훤히 알게 되면 이런 위기가 한결 덜하게 느껴질까? 그럴지도 모르지만 이 또한 불가능하다. 자식의 입장에서 부모의 삶은 언제까지고 한결같이 이어질 도타운 사랑의 그것이었으므로 살아가는 내내 궁금한 대상이 되지 못했을 것이다. 지금 내 자식이 부모인 나를 알려고 할 아무런 동기가 없는 것과 마찬가지로. 그런 상태에서 어느 순간 우리는 부모를 잃고, 그로 인한 상실감에 시달리고 더러는 부모의 삶을 온전히 이해하지 못했다는 뒤늦은 회한에 눈물 짓는다. 늙으신 어머니를 돌보던 어느 순간 "연명치료 거부 동의서에/삐뚤삐뚤 글씨로 서명을 한 엄마/그 동의서의 글씨만큼/굴곡이 심한 엄마의 시간"(「산거·11─늙은 내 엄마」)에 비로소 생각이 미쳤다고 해도, 그 구체적인 삶의 내막을 얼마나 기억하고 있고 또 헤아릴 수 있을까. 아버지의 삶 또한 마찬가지다. 어머니를 합장하기 위해 아버지 봉분을 헤친 자리에서 시인은 "사라진 작은 뼈들처럼 군데군데 기억은 사라졌지만/남은 뼈 같은 기억은 차곡차곡 떠올랐다"(「합장을 하고」)고 말하고 있는데, 이런 진술은 아버지의 삶 역시 자신에게 시작과 끝이 있는 완전한 동영상으로서가 아니라 파편처럼 흩어진 몇몇의 장면들로만 기억되고 있다는 절망적인 깨달음을 보여 준다.

어찌 보면 부모의 삶이란 고도古都에서 우연히 발견된, 몇몇 파편 조각들이 떨어져 나가 여기저기 빈틈이 있는 채로 가까스로 형태를 맞춘 도자기 그릇과 같은 것일지도 모르겠다. 부모님의 삶에 대해 우리가 느끼는 회한이란 바로 그런, 그 빈틈에 해당하는 돌아가신 분들의 생의 기억을 재구할 수 없다는 절망감일 것이다. 그리고 어쩌면 내가 알지 못하는, 부모님의 삶의 결락된 순간이야말로 그분들의 면모를 고스란히 보여 줄 수 있었으리라는 근거 없는 확신이 이런 회한을 더욱 깊게 하는 것인지도 모른다. 이번 김남극 시인의 시에서 이런 회한 또한 빈번하게 목격된다. 예를 들어 「연필을 깎네」라는 시에서 시인은 "처음 연필을 깎던 어느 날/이젠 저승에 가신 어머니가/물끄러미 나를 건너다보던 그 눈빛"을 떠올리는데, 그 시절 연필을 깎는 아들을 바라보시던 어머니의 본뜻은 끝내 알 수 없는 것일 게다. 그래서 시인은 그 시간을 되살리듯 연필을 깎는 것이다. 노년의 어머니가 "시집올 때 해 온 열두 동이들이 옥수수술의 그 찰진 맛을/이젠 보지 못하고 떠나겠다고"(「새벽에 깨어서」) 하셨을 때, 그 기억이 어머니의 어떤 삶의 경험과 닿아 있었을 것인지 시인은 도무지 짐작조차 할 수가 없었을 것이다.

그래도 이런 기억은 나은 경우에 속한다. 기억의 밑바닥에 가라앉아 있던 고인의 행적 같은 것은 또 어떨까. 「어머니가 다녀가셨다」라는 시에서 시인은 일본 교토의 허름한 집에 묵었을 때 공교롭게 돌아가신 어머니를 꿈에서 본 이야기를 하는데, 이 시를 보자.

> 깨어나서도 울음이 멈추지 않았다
> 한국을 딱 한 번 떠나 본 어머니
> 아버지 손을 꼭 잡고 뒤만 따라다녔을 어머니가
> 이 먼 교토까지 왜 오셨을까
>
> —「어머니가 다녀가셨다」부분

아마도 시인은 고인이 되신 어머니가 교토에 가 본 적이 있다는 말씀은 들어서 알고 있었을 것이지만 기억에는 없었을 것이다. 그러다가 어머니 사후 우연히 찾은 교토의 한 허름한 방에서 어머니의 꿈을 꾼 것을 계기로 어머니가 교토에 가 본 적이 있었다는 사실을 새삼 떠올리고는, 어머니가 무슨 이유로 일본 땅을 밟으셨던 것인지를 알지 못했다는 데 생각이 미쳤을 것이다. 그리고 이런 돌연한 기억이 어째서 어머니 생전에 소상히 물어보지 못했을까 하는 회한으로 이어졌을 것이다. 우리는 거의 모두 부모님 생전에 미처 물어보지 못한 것이 너무나도 많았다는 사실을, 그분들이 돌아가신 뒤에야 비로소 알게 된다. 그리고 이렇게 고인들을 더 깊이 이해할 수 있었을 수많은 기회가 있었음에도 자신이 그런 기회를 스스로 저버렸다는 생각에 회한은 더해지는 것이다.

부모님들의 삶의 결락은 어떤 기적이 일어나지 않는 한 결코 복원되지 않으며, 그래서 남은 자식에게는 영원히 풀지 못할 하나의 숙제로 남겨지게 된다. 그런 만큼 그것은 회한과 안타까움과 후회와 같은 감정이 복합적으로 얽혀 있는 난제로 다시금 장년의 삶을 자극하고 구속하고 훈계한다. 거의 모든 중장년은 아마도 이런 난제에 접할 운명일 것이다. 그럼 어쩔 것인가? 가능한 방법은 딱 하나다. 그것은 자신에게 단편적으로 남아 있는 고인들의 삶의 풍경들을 토대로, 오직 그 기억의 파편들에 의해 그분들의 삶의 궤적을 추측하거나 자신의 경험에 비추어 재구성하고, 그럼으로써 자신의 삶의 위기를 건너는 일종의 치유책으로 마련하고 전환하는 일이다. 이런 상상이라도 해서 고인들의 삶을 한 뼘만치라도 더 이해할 수 있다면, 그 추체험된 고인들의 삶은 넉넉히 제 것이 될 수 있을 것이기 때문이다. 이런 회상과 반추의 시간이 없다면 장년의 삶이거나 노년의 삶은, 말 그대로 껍질만의 삶일 수밖에 없으리라. 그런 의미에서 아래의 시는 시인이 이렇게 부모님들의 생애를 상상으로라도 재구하기 시작했으며, 나름대로 장년의 저녁에 도달한 자신의 삶을 부모님의 삶과 연결지어 중층적으로 이해하고 받아들이기 시작했다는 것을 보여 준다.

그만, 비를 맞았다

피할 곳이 없었다
아버지와 어머니가 만난 가난도 그랬을 것이다
피할 수 없으니 맞장을 떠야 하는데
소낙비 같은 가난은 정수리로 쏟아져서
결의를 다질 새도 없이 들이닥쳤을 것이다

—「소낙비」 부분

상상력이란 별것이 아니다. 우리에게 친숙한 '역지사지'라는 말이 함축하듯 그것은 자신의 꽃 같은 청춘도 조만간 늙어 갈 것이라는 걸 인정하는 겸허함, 부모들의 삶 또한 그분들 윗대의 삶의 행로를 되밟았으리라는 가

정과 지금 영위하고 있는 나의 삶 또한 그런 범주에서 크게 벗어나지 않으리라는 예견, 그리고 내 자식들의 삶 또한 부모인 나의 행로를 본으로 삼거나 반면교사로 삼아 일정한 궤도를 따라 진행될 것이라는 가시적인 예측이거나 예감이다. 우주를 배경으로 온갖 비행체와 첨단 기술이 등장하는 공상과학의 세계를 떠올리는 것만이 상상력이라고 믿는 젊은이들에겐 이런 말이 오히려 우스울 수 있겠지만, 상상력이란 우리 시대의 근원적 상처가 되어 버린 세월호의 희생자들이나 노사 갈등으로 삶을 마감한 이름 모를 일용직 노동자의 죽음 같은, 이웃들의 운명에 대한 연민 등으로 확장될 수도 있는 탄력만을 의미하지는 않을 것이다. 그것은 안으로 한 개인이 자신도 조만간 부모가 걸어간 행로를 그대로 밟을 것이라는 자명한 현실을 인정하고, 자신의 성장을 자애롭게 뒷받침해 주었던 그분들의 삶을 이면까지도 재구할 수 있는 정신의 활동을 이르기도 할 것이기 때문이다. 바로 이런 이유로 사회는 시를 필요로 하고 시인을 필요로 하며, 더 나아가서는 허구(이야기)를 필요로 하는 것이다. "마음이 아프니 몸도 아픈 시절이 왔다"고 자탄했던 시인이 유년의 한때가 어떤 시절이었는지를 회상하면서 허약한 장년의 몸을 치유할 가능성을 발견한 경험은 그래서 한층 더 진한 여운을 전달한다.

문밖은 혹한이라 한기가 창을 넘어옵니다

발목을 요 아래에 넣고는 슬슬 풀어지는 몸을 기억합
니다

지금은 사라진 집

오래전 신작로가 누추한 그 집에서도 그랬습니다

새벽이 올 때쯤 서늘한 구들에 온기가 오르면

요 밑에 발을 슬슬 들이밀고는

창호지를 뚫고 들어오는 한기에 맞서던 엄동설한
                              —「산거·19」부분

　이 장면에 이르는 과정에서, 시인의 마음엔 식구들을
위해 미리 장작을 준비해 두었을 그 옛날 산감을 했던
아버지며, 추운 겨울 새벽잠을 설치며 그 장작을 아궁
이에 넣으시던 어머니의 기억이 그에게 오롯하게 되살
아났으리라는 것은 분명하다. 이 시와 짝을 이루는 시인
「눈 내리는 밤」에서 시인이 불러낸 "상고대 사이로 샘물

을 길어 가마에 붓고/장작을 때 구들을 데워/식솔의 새
벽잠을 다독이던 어머니"의 모습이 이를 뒷받침한다. 위
의 시 「산거·19」 마지막 대목에서 시인은 "한기 속에서
도 긴 겨울밤의 기억과 근육이 풀어지듯//당신을 향한
마음도 불어 오르길 빌면서//설해목 지는 소리를 듣습
니다"라고 말하는데, 오늘의 빈약한 장년의 외로움과 아
픔을 달래는 계기로써 겨울밤의 아궁이처럼 따뜻한 유
년의 기억만 한 것이 달리 있을 것인가. '마음이 아파 몸
도 아픈' 시절을 건너는 시인은 저 가난했던 혹한의 계
절, 구들의 온기로 풀어졌던 몸의 기억을 떠올리면서 아
픈 마음까지 다스릴 수 있게 될 것 같다.

　글의 서두에서도 밝혔듯이 이 글은 오랜 세월 동안
김남극 시인과 교분을 가져 온 필자의 독후감에 불과
하다. 시인과의 사적인 교유 경험이 그의 시를 해석하는
데 일정한 참조가 된 것은 두말할 나위도 없다. 그러나
시집에 수록된 시들을 읽는 동안 시인의 시집엔 시인의
모순된 의식이 서로 꼬리를 물고 도는 일련의 복잡한 순
환의 고리가 마련되어, 이것이 곧 곤경에 처해 있는 한
개인을 치유로 나아가게 하는 빛을 생성하는 것은 아닌
가 하는 생각을 해 보게 되었는데, 이 시집을 읽는 독자
라면 누구라도 이와 비슷한 경험을 하게 되지 않을까
싶다. 똑같이 장년을 넘어가는 길 위에 선 한 독자로서,

김남극 시인의 이번 시를 읽게 된 것은 정말 좋은 경험
이었다.

이별은 그늘처럼

2023년 9월 27일 1판 1쇄 펴냄

지은이   김남극

펴낸이   김성규

편집   김안녕 한도연

디자인   신아영

펴낸곳   걷는사람

주소   서울 마포구 월드컵로16길 51 서교자이빌 304호

전화   02 323 2602

팩스   02 323 2603

등록   2016년 11월 18일 제25100-2016-000083호

ISBN 979-11-93412-00-8 04810

ISBN 979-11-89128-01-2 (세트)